Elke Krug

Weihnachten zum Vorlesen

AF186758

Elke Krug

Weihnachten zum Vorlesen

Kurzgeschichten

Elke Krug wurde 1959 im Chiemgau geboren, ist dort zur Schule gegangen und studierte anschließend in München Betriebswirtschaft,
um danach im Bereich Marketing zu arbeiten.
Ihren ersten Roman, „… schwanger sein dagegen sehr", schrieb sie
bei einem dreijährigen Auslandaufenthalt mit ihrer Familie in New
York. Er wurde 2004 beim Westkreuz-Verlag verlegt.
Seit zwanzig Jahren lebt sie in einem Münchner Vorort und arbeitet
unter anderem als freie Autorin.
Den zweiten Roman, „Ein bezahlter Mann", ließ sie 2016 publizieren.

In den letzten 13 Jahren hat die Autorin jedes Jahr eine Weihnachtsgeschichte zum Vorlesen für Freunde und Verwandte verfasst, die
sie jetzt in diesem Buch veröffentlicht.

Bibliografische Information der Deutschen Nationalbibliothek:
Die Deutsche Nationalbibliothek verzeichnet diese Publikation in der
Deutschen Nationalbibliografie;
detaillierte bibliografische Daten sind im Internet über
http://dnb.d-nb.de abrufbar

© 2017 Elke Krug
Herstellung und Verlag:
BoD – Books on Demand, Norderstedt.
ISBN: 9783744831024

Vorweihnachtszeit

Wie in jedem Jahr hatte ich auch in diesem eine ganz klare Vorstellung davon, wie ich die Weihnachtszeit verleben möchte: Seit vielen Jahren endlich wieder einmal besinnlich. Ich plante, die Weihnachtsgeschenke im Oktober zu kaufen, die Plätzchen vor dem ersten Advent zu backen, die Post in der ersten Adventwoche zu erledigen, sämtliche größere Aufräum- und Putzaktionen bereits im November hinter mich zu bringen und alle anderen wichtigen Aufgaben vor dem Nikolaustag zu erledigen…

Ich wollte auch definitiv das Wort Stress vermeiden. Dieses Wort ist mir zuwider. Vor allem in der Steigerungsform: Vorweihnachtsstress. Des Öfteren schon habe ich mit dem mahnenden Zeigefinger der Sternzeichen-Jungfrau vor meinen Freundinnen gestanden und sie in ihrem Dauerstöhnen unterbrochen:

„Hört mal Mädels, ihr macht Euch den Stress doch selbst. Früher, all die Frauen, die nicht einmal wussten, mit welchem Geld sie ein Weihnachtsessen bezahlen sollten, ganz zu schweigen von Geschenken … diese Frauen hatten Stress!"

Tja, das musste doch mal gesagt werden. Auch, wenn ich nur ein kopfschüttelndes ‚die wieder' erntete.

Ja, und jetzt ist der dritte Advent bereits vorbei und ich kann nicht genug klagen. Geschenke habe ich weder im Oktober noch im November gekauft (ich könnte ja noch was Schöneres finden), sämtliche Aufgaben und Arbeiten sind natürlich noch nicht erledigt, die Weihnachtspost wird wieder einmal nach Weihnachten bei meinen Lieben ankommen (daran ist dann allerdings sicherlich die Post schuld). Nur die Plätzchen, die sind fertig, dafür allerdings schon bald aufgegessen. Und zu guter Letzt natürlich dieses schreckliche ‚S-Wort', nicht das, das man den Kindern verbietet, nein, das andere, von dem vorhin schon die Rede war. Ich glaube, ich habe es in letzter Zeit zehntausendmal verwendet. Böse Sache.

Tja, und dann, dann ist noch diese andere Geschichte passiert:
Meine Mutter hatte mir zum Nikolaustag ein Säckchen geschenkt: leer. Seitdem mache ich mir ziemlich viele Gedanken. Ist sie jetzt doch schon so alt, dass sie alles vergisst oder merkwürdig wird?
Immer wieder hole ich das Säckchen und schau hinein. Als könnte ich doch noch etwas finden, was mich von meinen Zweifeln befreien würde. Manchmal, wenn ich so intensiv an meine Mutter denke, fallen mir Erlebnisse aus meiner Kindheit ein, die ich dann wiederum meinen Kindern erzähle, was in einer netten ‚Plauderstunde' endet.
Der eine oder andere Spaziergang kommt mir ins Gedächtnis und es zieht mich so in den Wald, dass ich mir tatsächlich eine halbe Stunde Waldspaziergang gönne.
Zudem rufe ich meine Mutter öfter an, um festzustellen, ob sie nicht doch verwirrt sei. Nein, darf ich dann voller Freude feststellen, ist sie nicht, ganz im Gegenteil, wir führen meist recht interessante und angeregte Gespräche.
Auch mein Mann macht sich Gedanken über das Säckchen und so kommen plötzlich auch ein paar sehr schöne, fast schon vergessene Geschichten über seine Eltern zum Vorschein.

Kurz vor Weihnachten kommt meine Mutter zu Besuch. Das Säckchen dekoriert inzwischen weihnachtlich die Wohnzimmertür.
„Na, wie hat dir mein Geschenk gefallen?"
Oh, je, was nun? Nun muss ich ihr womöglich sagen, dass sie langsam ein bisschen vergesslich wird.
„Eigentlich war gar kein Geschenk in dem Säckchen."
„Oh doch, es war eins drin und wenn du willst, ist es immer noch drin."

Das ist ja noch schlimmer, als ich dachte. Mitleidig schau ich sie an.

„Doch Kind, seh' einfach noch einmal nach. In dem Säckchen ist nämlich Zeit, ganz viel Vorweihnachtszeit."

Jetzt allerdings muss ich zugegeben, dass ich ganz dumm aus der Wäsche gucke. Klar, Zeit!!! Hatte ich nicht auf einmal Zeit für die Kinder, für einen Spaziergang und so weiter? Allerdings schiebt sich jetzt plötzlich wieder dieses ‚S-Wort' in mein Denken. Ich hatte mich nämlich so ausgiebig mit dem Säckchen beschäftigt, dass ich immer noch keine Geschenke gekauft habe.

Doch da kommt mir die Idee! Ich verschenke Säckchen, ganz viele Säckchen und zwar mit ‚meiner Zeit'.

Gedanken – über die Weihnachtszeit hinaus

Es ist kurz vor Weihnachten, fünfte Stunde, Religionsunterricht. Die sechste Klasse langweilt sich wieder einmal zu Tode. Der Lehrer – nennen wir ihn Herr Stern – also, der Lehrer, Herr Stern, wäre auch lieber beim Skifahren, aber leider...

„Was verbindet ihr mit Weihnachten?" lautet seine durchaus berechtigte Frage.

Ich erspare uns jetzt die überaus gelangweilten und genervten Kommentare unserer heranwachsenden Kinder aus der sechsten Klasse, da sie den meisten von uns bekannt oder vertraut sein dürften. Ganz zu schweigen davon, dass gewisse Ausdrücke einfach nur noch – wie haben wir damals gesagt – ach ja, ‚ätzend' sind.

„Jetzt aber! Euch wird doch irgendetwas einfallen. Lisa-Annabell-Pia, was fällt dir spontan ein, wenn du an Weihnachten denkst?"
Herr Stern wendet sich immer an Lisa-Annabell-Pia, wenn sich niemand freiwillig meldet.
„Kerzen, romantische Stimmung oder so", quält Lisa-Annabell-Pia sich mühsam ab.
„Ja, genau, romantische Stimmung!" werfen ein paar andere Mädchen ein.
Gemaule ertönt von der männlichen Seite der Klasse.
„Ääh, Romantik ... Geschenke, ja, Skifahren, ja, genau, das ist Weihnachten."
Super, das bestätigt wieder jedes Klischee. Herr Stern ist wenig begeistert, aber er hat eigentlich gar nichts anderes erwartet.
„Warme Kuschelchen!"
„Was?" dröhnt es durch das Klassenzimmer.

8

„Warme Kuschelchen!" Der merkwürdige Beitrag kommt ausgerechnet von Flippo, dem Unfriedenstifter in dieser Jahrgangsstufe.

„Was willst du uns damit sagen?" Herr Stern erwartet eine mehr als dumme Antwort.

Komischerweise hat Flippo nicht sein provozierendes Grinsen aufgesetzt, sondern wirkt relativ ernst.

„Es gibt da eine Geschichte, die hat mir meine Oma immer erzählt. Ich kann mich gar nicht mehr genau an den Inhalt erinnern, ich weiß nur noch, dass es sich um warme Kuschelchen und kalte Gruselchen handelte. Irgendwie haben die Menschen sich warme Kuschelchen geschenkt, um die kalten Gruselchen zu vertreiben. Und an Weihnachten muss ich immer an diese warmen Kuschelchen denken, da sich doch viele Leute immer wieder bemühen, zumindest an diesen Tagen nett zu sein, um mehr oder weniger die kalten Gruselchen zu vertreiben, wenn es auch oft nicht gelingt."

Es liegt sicher daran, dass Flippo diese Gedanken aufs Tablett gebracht hatte, denn hätte der siebengescheite Pascal-Oliver diesen Beitrag geliefert, wäre der Rest des Unterrichts unter boshaften Bemerkungen und lautem Gelächter untergegangen. So aber herrscht erst einmal Schweigen, was aber sehr schnell in ungewohnt eifriges Erzählen über schöne Weihnachtserlebnisse, gute Taten und hilfreiche Worte übergeht. Jeder freut sich darüber, wie nett er eigentlich ist und wie großzügig er bereits warme Kuschelchen verteilt hat. Die sonst so lässigen ,fast schon erwachsenen' Schüler und Schülerinnen überhören sogar die Glocke zum Ende der Stunde.

Obwohl die Geburt Christi in dieser Religionsstunde etwas untergegangen ist, geht Herr Stern heute ganz zufrieden nach Hause und denkt über seine eigenen Kuschelchen nach.

Das Jahr war mit Sicherheit nicht sein schönstes gewesen und es hatte ein paar saftige Tiefschläge für ihn bereitgehalten. Aber vielleicht war es der falsche Ansatz, nur darüber nachzudenken, wie hart die einzelnen Schicksalsschläge doch gewesen sind. Vielleicht sollte er doch auch mal bedenken, dass gerade diese harten Zeiten ihm viele unerwartete warme Kuschelchen eingebracht haben, mit denen die Familie, Freunde oder sogar Fremde, die zufällig da waren, versucht haben die kalten Gruselchen aus seinem Leben zu vertreiben. Sicherlich gab es auch Menschen, die ihn gerade dann auch schwer enttäuscht hatten, aber im Großen und Ganzen muss er zugeben, dass er in diesem nicht ganz einfachen Jahr doch auch einen ganzen großen Sack voll warmer Kuschelchen abbekommen hat.

Herr Stern nimmt sich vor, diesen auf einmal sehr angenehmen Gedanken über Weihnachten hinweg ins neue Jahr mitzunehmen … und künftig den Flippo mit anderen Augen zu betrachten.

Weihnachtserinnerungen

Kennt Ihr das auch? Kurz vor Weihnachten kommen einem viele Erinnerungen ins Gedächtnis.

Meist ist der Blick zurück in die Vergangenheit sehr angenehm. Gott sei Dank! Die unangenehmen peinlichen Geschichten, wie z.b. die Tatsache, dass man es vorgezogen hatte unter dem Tisch auf den Abgang vom Nikolaus zu warten, statt ihm lieblich und mit großen leuchtenden Augen ein zweiseitiges Gedicht fehlerfrei vorzutragen…

Diese Art von Erinnerungen schiebt man gerne beiseite. Stimmt's?

Es sind vielmehr die schönen Dinge, an die man sich mit Freude erinnert. Viele einzelne verborgene Kleinigkeiten, die man wie die Überraschungen hinter den Türchen am Adventskalender vor Weihnachten jedes Jahr wieder gerne betrachtet.

Diese Geschichten sind nicht immer nur besinnlich – ganz häufig sind auch äußerst lustige Episoden dabei …

Ich kann mich z.b. gut daran erinnern, dass meine Oma in der Adventszeit immer eine Kerze angezündet hatte, wenn ich sie besucht habe und sie mir dann Geschichten vorgelesen hat. Immer wieder die gleichen, denn wie alle kleinen Kinder, habe ich es geliebt, wenn mir der Inhalt bereits vertraut war. Sie hatte dazu zwei ‚Weihnachtsheftchen' von Tchibo mit Gedichten, Liedern, Bildern und Erzählungen. Ich liebte diese recht einfachen, aber wirkungsvollen Werbegeschenke. Meine Oma ebenso, denn sie klebte sie sogar mit Klebestreifen wieder zusammen, als sie langsam auseinander fielen. All die wunderschönen Weihnachtsbücher verblassten neben diesen unscheinbaren Kostbarkeiten. Selbst Jahre später, wenn ich meine Oma besuchte, lagen diese Büchlein in der Weihnachtszeit auf ihrem Tisch und ich fühlte mich sofort in die Vergangenheit zurückversetzt.

Als ich dann selbst schon Kinder hatte und meine Oma inzwischen wirklich schon sehr betagt war, meinte meine Mutter, dass ich sie doch darum bitten sollte, mir die Heftchen zu schenken. Dann könnte ich meinen Buben auch daraus vorlesen.

„Ach, du kennst doch die Oma, sie will alles selbst aufheben und gibt ungern etwas her", meinte ich daraufhin.

„Stimmt", bemerkte meine Mutter und fügte etwas boshaft hinzu: „Bestimmt sitzt sie darauf."

Bei diesem Gespräch saß mein kleiner Sohn neben mir und hörte interessiert zu.

Kurz danach, am dritten Advent hatten wir uns alle zum Plätzchenessen bei meiner Großmutter in ihrem gemütlichen Wohnzimmer eingefunden. Mein Sohn schlich die ganze Zeit um seine Uroma herum, die sich sehr darüber freute, dass der ‚kleine Mann' so auffallendes Interesse an ihr zeigte. Plötzlich schubste er sie und bat sie, doch einmal kurz aufzustehen. Verwundert stand sie auf und nachdem unser Kleiner den Stuhl intensiv untersucht hatte, meinte er triumphierend, dass ich mich wohl doch getäuscht hätte, weil die Oma nicht auf Weihnachtsgeschichten sitzen würde, sondern auf ganz normalen Kissen...

Jedes Jahr erzähle ich diese Geschichte und noch viele andere mehr. Vielleicht wäre das für euch auch eine gute Idee. Wenn am Heiligen Abend oder an den Weihnachtsfeiertagen die ganze Familie zusammen kommt, dann lasst doch alle einmal in ihrer ganz persönlichen Weihnachtserinnerungskiste kramen und fordert sie dann auf, ihre Lieblingsgeschichten zu erzählen. Das kann sogar noch unterhaltsamer sein, als Geschichten aus Tchiboweihnachtsbüchern vorzulesen.

Übrigens, ich habe diese Heftchen nie bekommen und irgendwann sind sie wohl im Altpapier gelandet. Welch' Glück, dass Erinnerungen in der Regel nicht im Altpapier verschwinden, sondern einem immer wieder erzählt werden können.

Es muss nicht alles Gold sein, was glänzt

Na toll, jetzt stehe ich hier im Chaos-Garten dieser merkwürdigen Familie, total nass und ganz und gar ohne Glimmer und Flimmer. Das hatte ich mir wirklich ganz anders vorgestellt.

Hatten mir die anderen nicht immer erzählt: „Ah, als Christbaum, da wirst du ohne Ende mit Schmuck behängt und bist schön, wie nie zuvor."

Ha, welch' Lug und Trug.

Aber eigentlich bin ich ja selbst schuld. Warum habe ich mich auch so vorgedrängt? Warum habe ich mich vor ein paar Tagen nicht klein und hässlich gemacht...

...Es fing eigentlich so genial an. Als sie mit ihren Werkzeugen in den Wald kamen, um die schönsten Tannen für Weihnachten zu fällen, habe ich mich gereckt und gestreckt, um mitgenommen zu werden und prompt hat man mich ausgewählt. Das machte mich natürlich stolz und meine Eitelkeit erblühte in voller Pracht. Ich fühlte mich nun ohne Schmuck schon so schön, wie würde ich erst mit Gold und Silber glänzen können.

Unangenehm war, das musste ich zugeben, dass man mir meine Wurzeln abgehackt hat, aber, wer schön sein will, der muss halt leiden. Warum man mich dann allerdings in ein enges Korsett einzwängen musste, kann ich bis heute nicht verstehen. Ich war doch sowieso so schön schlank (zu schlank offensichtlich, wie ich sehr bald bitter erfahren durfte). Als man mich und die anderen Bäume nach einer unbequemen Fahrt abgeladen hatte, befreite man uns aus dem Korsett und wir wurden in Reih und Glied aufgestellt. Nach und nach kamen potentielle Käufer und blieben natürlich auch vor mir stehen:

„A scheena Bam, aber zu schlank. Da konnst ja kam was oni hänga."

„Gut gewachsen, aber sehr schmal, das sieht lächerlich in unserem Studio aus."

„Mama, sieh mal, was für ein komischer Baum, der schaut ja aus wie ein Stock."…

Anfangs habe ich gar nicht überrissen, dass die mich meinen, aber mit der Zeit wurde es immer dunkler und ich stand fast ganz alleine rum. Dann fing es auch noch an zu regnen und mir wurde schon ganz angst und bange, bei der Vorstellung hier allein die Nacht zu verbringen.

„Woast wos, den dünna Haring bring i meiner Schwester mit. Derra is des Wurscht, wia da Bam ausschaugt."

Ja Prost Mahlzeit, das war der Anfang vom Ende.

Meine ‚Gastfamilie' bestand aus zwei Erwachsenen und vier Kindern. Habe ich Kinder gesagt? – Wildgewordene Randalierer, wäre der bessere Ausdruck. Kaum stand ich in meiner ‚Wurzelprothese', bewarf man mich buchstäblich mit überdimensional großen selbst gebastelten Strohsternen. Keine Spur von Svarowski-Glasketten, Porzellanglocken, Silberoder Goldschmuck… Was für ein Desaster.

Aber das Schlimmste kam noch: Krönte man meine Tannenspitze nicht tatsächlich mit einem angebissenen Schokoladenengel, weil sonst der jüngste Spross der Familie nicht aufgehört hätte zu schreien (dreimal darf man raten, wer das gute Stück angebissen hatte).

Na ja, ich hatte immer noch Hoffnung, dass man mich mit einer Lichterkette oder echten Christbaumkerzen zum Glänzen bringen würde, aber auch dieser Wunsch erfüllte sich nicht. Man hatte Angst, dass der schreckliche Kater der Familie, den Baum, sprich mich, umschmeißen könnte. Also stand ich da, mehr oder weniger als Vogelscheuche verkleidet in absoluter Dunkelheit. Da ich kaum etwas sehen konnte, bin ich umso mehr erschrocken, als ein schreckliches Getöse den ‚feierlichen' Abend eröffnete: Flötenklänge der zwei Jüngsten gemischt mit ‚Blechgesang' vom Rest der Familie. Womit hatte ich das alles verdient?

Falls jetzt noch einer erhofft, es könnte sich alles zum Guten wenden, dann muss ich ihn enttäuschen. Der Weihnachtszauber hat mich mit Sicherheit nicht einfangen können. Das hat sich auch nicht geändert, als am nächsten Tag die ganze Verwandtschaft kam und mich auslachte. Da war aber nicht nur ich beleidigt, sondern auch meine Gastgeber. Geschah ihnen recht.

Was dann kam, erschien mir nur noch wie absurdes Theater: Die ‚reizenden' Kinder (auch die Verwandtschaft hatte noch einige davon mitgebracht) jagten den Mammut-Kater, der sich zu guter Letzt auf mich stürzte und mich zwangsläufig zu Fall brachte. Der Kater wurde getröstet, die lieben Kleinen ermahnt und mich stellte man kurzerhand in den Garten („der Bam war eh nix B'sonders…"). Dass es ohne Ende regnete war der Familie im trockenen Wohnzimmer ganz egal…

… Das Ganze passierte gestern Nachmittag. Es hat dann die halbe Nacht geregnet, aber irgendwann fing es an, fürchterlich kalt zu werden, was mir persönlich nicht so viel ausmachte, schließlich bin ich eine echte Tanne und kein künstliches Kaufhausgestrüpp. Als ich einen Blick in die Terrassentür werfe, sehe ich mein Spiegelbild und das ist nicht zu verachten. Haben sich doch die Wassertropfen in lauter kleine Eiszapfen verwandelt und funkeln in der Sonne, die mittlerweile scheint.

„Schaut mal, was für ein schöner Baum. Fast noch schöner als unser Christbaum zu Hause", höre ich die Spaziergänger rufen.

Tja, so ist das also, nun stehe ich doch hier und strahle, zwar nicht wie ich es ursprünglich erhofft hatte mit Gold- und Silberschmuck, sondern vor Freude. Man sollte wirklich nicht verzagen, manchmal erreicht man sein Ziel auf ganz anderen unvorhergesehenen Wegen.

Eine Weihnachtsgroßstadt

Evi lebte in einem kleinen Dorf in Oberbayern und es gab viele besondere Tage in ihrem sechsjährigen Leben. Geburtstage, Ausflugstage, schöne Spieltage, Sonnentage, natürlich Weihnachten und einen Tag in der Vorweihnachtszeit, an dem sie mit ihren Eltern und ihrer Schwester in die nächste größere Stadt fuhr, um Weihnachtsgeschenke einzukaufen und den Christkindlmarkt zu besuchen. Einmal hatte sie dort sogar den Nikolaus gesehen und das war ganz besonders schön.

In jenem Jahr, von dem ich erzählen möchte, war sie bereits ein Schulkind und wie es damals noch so üblich war, mussten die Kinder auch am Samstag in die Schule gehen.

Evi war kein besonders glückliches Schulkind in ihrem ersten Jahr. War da doch ihre Lehrerin, die leichte Züge einer Hexe an sich hatte, einer jungen Hexe zwar, aber trotzdem. So fühlte sich unsere kleine Erstklässlerin gar nicht wohl, als sie besagte Lehrerin fragen musste, ob sie den ersten Adventssamstag frei bekommen würde, um in die Stadt fahren zu können. An einem Samstag frei zu bekommen, war zu dieser Zeit kein Problem. So dachten sich ihre Eltern auch nichts dabei, als sie ihr eine schriftliche Entschuldigung mitgaben, die sie der Lehrerin mit der Bitte um einen freien Tag überreichen sollte. Für Evi war diese Stadt (nennen wir sie Weihnachtsstadt) riesengroß und so bat sie ihre Lehrerin, Frau Rendl, ihr freizugeben, um in die ‚Großstadt' fahren zu können. Was für ein fataler Fehler. Die Lehrerin zeigte sich von ihrer schlechtesten Seite, lachte die Kleine aus und verspottete sie vor der ganzen Klasse, was das Ganze zu einem Albtraum machte. ‚Weihnachtsstadt' sei an und für sich nur eine Kleinstadt, behauptete Fr. Rendl, und ob Evi jemals schon eine wirklich große Stadt besucht hätte. Alle Mitschüler und Mitschülerinnen lachten, obwohl, und da war sich Evi ganz sicher, alle bis dahin die Meinung geteilt hatten, dass diese schöne Stadt, in der man so viel einkaufen konnte, eine echte Großstadt sei.

Zuhause erzählte Evi nichts von ihrem Erlebnis, weil sie nicht wollte, dass ihre Eltern sich aufregen und im schlimmsten Fall zur Lehrerin gehen würden, um dieser die Meinung zu sagen.

Leider war ihre Stimmung aber an besagtem Samstag auch noch sehr gedrückt und der Rest der Familie war mehr als verwundert. Da halfen nicht einmal die schönen Spielzeugläden, durch die sie so lange sie wollte schlendern durfte oder das Mittagessen im Restaurant. Evis Eltern gingen nur sehr selten aus zum Essen, also war auch das etwas ganz Besonderes.

Als die Familie sich dem Christkindlmarkt näherte, besserte sich die Stimmung ein wenig. Die vielen leuchtenden Christbäume vertrieben die dunklen Gedanken und der Kinderpunsch schmeckte einfach viel zu gut, um weiter an Frau Rendl zu denken.

Plötzlich stand der Nikolaus vor der kleinen Evi, die erst einmal ziemlich erschrocken war. Oh je, hoffentlich musste sie nicht ein Gedicht aufsagen oder, schlimmer noch, ein Weihnachtslied vorsingen. Sie hatte nämlich auf einen Schlag alles vergessen. Der Nikolaus aber fragte sie nur, woher sie denn käme und auf ihre Antwort hin meinte er, wie es ihr denn dann heute in der Großstadt gefallen würde. Hatte der Nikolaus ‚Großstadt' gesagt? Evi konnte es nicht glauben. Hatte er wirklich ‚G r o ß s t a d t' gesagt? Ja, ihre Eltern konnten es ihr bestätigen. Als Evi daraufhin vor Begeisterung freiwillig ein Weihnachtslied trällerte, das leider nicht als solches zu erkennen war, weil Evis Melodie weit von der eigentlichen Melodie abwich, waren ihre Begleiter mehr als erstaunt. Sie waren äußerst überrascht, dass das Erscheinen des Nikolaus das kleine Mädchen dermaßen glücklich gemacht hatte, aber was wussten sie schon von der kleinen Seele einer Sechsjährigen.

Inzwischen war es dunkel geworden und umso mehr leuchtete die Stadt. Als Evi sich auf der Heimfahrt noch einmal im Auto umdrehte war sie mehr als zufrieden. Sie liebte diesen Blick und man konnte deutlich sehen, dass der Nikolaus recht hatte: diese Stadt war eine Großstadt. Evi würde sogar behaupten eine Weihnachtsgroßstadt.

Am Montag berichtete sie ihren Mitschülern und Mitschülerinnen sofort, was der Nikolaus über die Weihnachtsstadt gesagt hatte. Fr. Rendl allerdings hat davon nie erfahren. Evi war klug genug, um sich kein zweites Mal ein schönes Weihnachtsgefühl und einen besonderen Tag kaputt machen zu lassen.

Der Eine oder Andere, der diese Erzählung liest mag jetzt vielleicht sagen: Eine nette Geschichte, aber welche Message geht von ihr aus und warum redet der Nikolaus von einer Großstadt, wenn es gar keine ist?
Und da ist sie schon, die gewünschte ‚Moral von der Geschicht‘:

Sollte eine Lösung sich dir zeigen,
die dich glücklich macht und froh,
dann lieber Zweifler, bitte ich dich, zu schweigen.
Frag’ nicht viel nach, genieß’ es so!

Ein Adventskalender der besonderen Art

Frau W. lebte seit einigen Jahren allein in ihrer kleinen perfekten Stadtwohnung. Sie war das, was ich als Kind unter einer „feinen Dame" verstanden habe. Leider war Frau W. nicht besonders glücklich. Es war bereits Ende November und sie blickte auf ein, ihrer Meinung nach, besonders fürchterliches Jahr zurück. All diese Krankheiten! Sie hatte sich sogar im April den Arm gebrochen und ihre Augen wurden auch immer schlechter, ganz zu schweigen von den vielen Erkältungskrankheiten und der schweren Grippe vor vier Wochen.

Ihre langjährige Freundin Anna versuchte geduldig, sie aufzubauen und hatte im Endeffekt auch Recht, schließlich ist es immer gut ausgegangen: Der Arm ist wieder topp in Ordnung, die Grippe gut ausgeheilt, die neue Brille eigentlich ganz schön und praktisch und so weiter und so fort. Aber trotzdem, warum musste immer sie so viel Pech haben, warum war immer sie krank? Sie war ihrer Freundin zutiefst verbunden, aber ehrlich gesagt, konnte diese nicht wirklich gut mitreden. Schließlich war Anna nicht allein, denn sie wohnte bei ihrer Tochter und hatte die ganzen Enkel um sich. Sie sagte oft, sie sei viel zu beschäftigt, um krank zu sein. Das fand Frau W. eigentlich immer ziemlich unverschämt. Was sollte das wohl heißen? Nach solchen Aussagen zog sie sich meist für ein paar Tage gekränkt zurück, bis es ihr zu langweilig war. Die Freundschaft war ihr zu wichtig und ehrlich betrachtet, war wohl etwas Wahres dran, an dem, was ihre Freundin da so ab und zu von sich gab.

Jetzt stand die Adventszeit wieder vor der Tür und wie in jedem Jahr beschenkten sich die beiden Damen mit einem selbst gebastelten Adventskalender. Üblicherweise war an jedem Tag ein weiser Spruch hinter dem Türchen zu finden, wie z.B. ,geteiltes Leid ist halbes Leid' oder Ähnliches. In diesem Jahr allerdings bekam Frau W. 24 Säckchen geschenkt. Sie war äußerst gespannt, was sich wohl in diesen sorgfältig genähten Säckchen befand. Irgendwie war sie ein bisschen irritiert. Schließlich war sie bekannt dafür, alte Gewohnheiten beizubehalten und Veränderungen, auch wenn es nur ein anders gestalteter Adventskalender war, verunsicherten sie.

Am ersten Advent fand sie eine Christbaumkugel in dem Säckchen mit der Aufschrift ‚GLÜCK'. Zudem befand sich ein kleiner Brief darin:

„Meine liebste Freundin, du wirst in jedem Säckchen eine Kugel mit einem anderen Begriff finden. Ich möchte dich bitten, an jedem neuen Tag darauf zu achten, wie oft dir Dinge passieren, die mit diesem Wort zu tun haben. Am 24. Dezember wirst du lauter Anhänger in dem Säckchen finden und ich würde mich sehr freuen, wenn du deinen Christbaum mit allen Kugeln schmücken würdest."

Du lieber Himmel. Das war der skeptischen Dame nun gar nicht Recht. Sie war bekannt für ihren guten Geschmack und die Farbe dieses extravaganten Christbaumschmucks passte so gar nicht zu den Farben ihrer geplanten Dekoration. Dennoch nahm sie die Idee ihrer Freundin sehr ernst und zählte ganz bewusst mit, wenn sie an diesem Tag Glück empfand. Großes oder kleines Glück, das machte keinen Unterschied. Großes, wie z.B. das Glück, das sie empfand, als ihr Arzt ihr sagte, dass die letzte Blutuntersuchung sehr gute Werte aufzeigte oder kleines, das sie empfand, als der nette Herr von nebenan ihr wieder einmal aufmerksam die Tür aufhielt. Sie fühlte sich am Abend richtig wohl, als sie ihre Glücksmomente Revue passieren ließ und war schon darauf gespannt, welcher Begriff sie wohl am nächsten Tag begleiten würde. So fand sie an den folgenden Tagen Kugeln mit Begriffen, wie Freude, Liebe, Herzlichkeit etc etc. Die Kugeln fand sie nach wie vor hässlich, die Tage aber immer schöner und spannender. Jedes Mal, wenn sie ihre Freundin traf, erzählte sie ihr, wie häufig ihr Glück oder Freude oder Liebe oder Lachen begegnet seien. Sie vergaß darüber hinaus sogar, dass sie das vergangene Jahr so entsetzlich empfunden hatte. Ganz häufig, so durfte die erstaunte Dame feststellen, spielte der nette Herr eine Rolle. Am 15. Dezember wusste sie bereits, dass er mit Vornamen Ernesto hieß, Italiener war, vor 5 Jahren seine Frau verloren hatte und seit einem halben Jahr in ihrer Nachbarschaft wohnte. Sie hatte ihn nie bemerkt, sie war zu sehr mit ihrem unglückseligen Leben beschäftigt gewesen. Am 20. Dezember hatte die an und für sich relativ zurückhaltende Dame den liebenswürdigen Herrn zum Tee am Nachmittag des Heiligen Abend eingeladen, was den einsamen Mann sehr glücklich machte.

Nur eins nagte an der eleganten Dame, die Tatsache, dass sie ihren Christbaum, wie versprochen mit den zwar äußerst hilfreichen aber dennoch extrem unattraktiven Christbaumkugeln werde schmücken müssen. Ihre Freundin kannte keine Gnade und schmetterte jeden Versuch ab, den Frau W. machte, um davon Abstand nehmen zu dürfen die farblichen Fehlgriffe zwischen ihre sorgfältig ausgewählten Ornamente zu platzieren.

So saß sie am Nachmittag des 24. Dezember mit Ernesto in ihrem Wohnzimmer und vermied es den Baum anzusehen bis sie ihr Gast darum bat, die Kerzen vom Christbaum anzuzünden. Gesagt getan und voller Freude durfte sie feststellen, dass sich die Farbe der Kugeln im Licht der Kerzen total veränderten und wundervoll zu den anderen Kostbarkeiten auf ihren Christbaum passten. Nun war ihr auch klar, was ihre Freundin damit meinte, wenn sie immer und immer wieder betonte, dass man so manches in einem anderen Licht betrachten müsse, um zu erkennen, dass es doch nicht so schlimm sei.

Was für ein schönes Weihnachten und was für ein schöner Dezember. Die feine Dame beschloss, als sie am Heiligen Abend zu Bett ging, für sich, dass sie die Kugeln sichtbar in ihren Schrank legen würde. Auch wenn sie völlig absurd darin aussehen würden, so würden sie sie daran erinnern, all die schönen Begriffe über die Adventszeit hinaus künftig als ihre ständigen Begleiter zu betrachten.

Ein mobiles Weihnachtswunder

"Kannst du mal die Lichtergirlande halten?"
"Klar, wenn du sie mit einem dicken Teig Rand verziert haben möchtest, dann gerne. Siehst du nicht, dass ich meine Hände im Plätzchenteig habe. Bärli kann dir doch helfen."
"Mama, sag ja nicht mehr Bärli zu mir. Ich bin sechzehn, was denkst du dir denn?"
"Genau, und zu mir nicht mehr Mausi" mischt sich meine vierzehnjährige Tochter jetzt auch noch ein.
"Dann seid ihr euch ja mal ausnahmsweise einig. Helft lieber dem Papa, bevor die Lichterkette ihn ganz begräbt. Das wäre doch schade, so kurz vor Weihnachten. Außerdem, da wir gerade alle so schön zusammen sind, könnten wir uns doch überlegen, was wir dem Opa zu Weihnachten schenken."
"Wie wäre es denn mit einem Handy? Du meckerst doch dauernd, dass dein Vater so schwer zu erreichen ist", kommt es, meiner Meinung nach unqualifiziert, von der Leiter.
"Gute Idee", fallen mir meine lieben Kleinen in den Rücken, die genau wissen, dass ich von diesem Vorschlag gar nichts halte.
So beginnt eine unvorweihnachtliche laute Diskussion, bei der vor allem der Plätzchenteig misslingt und die prachtvolle Lichterkette völlig deplatziert hinter dem Schrank landet.
"Okay", gebe ich auf. "Dann besorgt für den Opa ein Handy mit Riesentastatur und sonstigen Vereinfachungen für ältere Herren und denkt daran, ihr kümmert euch darum, wenn euer Großvater Fragen hat und nicht mit dem Teil umgehen kann."

Gesagt, getan, die Tage vor Weihnachten vergehen, wie immer wie im Flug und am 24. Dezember liegt tatsächlich ein ,Senioren-Handy' schön verpackt unter dem Christbaum.
Mein Vater ist schon seit dem Vorabend bei uns, weil er, wie seit tausend Jahren, beim Schmücken des Christbaumes seine Meinung äußern möchte, sprich ,Meckern ohne Ende'. Aber es wäre nicht das gleiche Weihnachtsgefühl für mich,

wenn er nicht grummelig in der Ecke sitzen und meine Christbaumdekoration bemängeln würde.

Am Heiligen Abend sind dann aber, wie üblich, alle gut drauf, loben trotz ‚Teenager-Coolness‘ und ‚Senioren-Grantelei‘ den festlich geschmückten Baum und fühlen sich alle wieder wie kleine Kinder.

Beim Aufpacken der Geschenke gibt es den ein oder anderen freudigen Kommentar und das verzweifelte Gesicht meines Vaters. Ich kann deutlich erkennen, dass er an unserem Verstand zweifelt, ihm so etwas Sinnloses zu schenken.

"Opa, freu' dich doch, jetzt kannst du uns immer anrufen und die Mama kann dich immer erreichen."

Und wie er sich freut, genau das will er eigentlich gar nicht. Unsere Sprösslinge fangen an ihrem Großvater voller Begeisterung das ungeliebte Geschenk zu erklären und während ich den Glühwein und die (schließlich doch noch gelungenen) Plätzchen serviere, hat der Rest meiner Familie nichts anderes im Kopf, als die Anleitung für das Senioren-Handy in- und auswendig zu lernen, um unseren Senior in das Zeitalter der mobilen Kommunikation einzuführen.

Die restlichen Feiertage stecken unser Sohn und sein Opa relativ viel zusammen und ich bin überrascht, wie geduldig unser Bärli, Entschuldigung, Maximilian, sein kann.

Als wir am zweiten Feiertag unseren Opa nach Hause fahren, wirkt dieser wesentlich entspannter, als sonst. Er hat seinen Enkeln einige Aufträge erteilt, wie z.B. Kopfhörer für das Handy zu besorgen und eine Hülle für das neue Gerät und noch so einiges.

Gleich am nächsten Tag sind die jungen Leute unterwegs, um alles einzukaufen.

"Stell dir vor, Mama, der Opa hat mich heute schon dreimal angerufen. Siehst du, er freut sich genauso über ein Handy, wie jeder andere Mensch. Du hattest also nicht Recht."

Schön langsam fange ich an, mich zu fragen, ob der ganze Eifer meiner Kinder daher rührt, mir beweisen zu wollen,

dass meine vorsichtige Zurückhaltung gegenüber ihren ge-
sammelten 'Gerätschaften' extreme Hinterwäldler-Mentalität
sei und sogar mein Vater mich links überholen würde.

Das mag wohl auch ein Hintergedanke sein, aber ich habe
wirklich den Eindruck, dass es ihnen Spaß macht, mit dem
Opa ein gemeinsames Thema zu haben.

"Siehst du, unser alter Herr ist gar nicht so stur und unein-
sichtig, wie du immer meinst."

Selbst meinen Mann hat er überzeugt. Aber ich kenne meinen Vater doch. Irgendetwas stimmt da nicht.

Leider habe ich nicht die Chance folgendes Gespräch zwischen meinem Vater und seinem Freund zu belauschen:

"Was, du hast tatsächlich so ein Ding bekommen. Du hast
doch immer gesagt, dass du so etwas nie benutzen würdest.
Was machst du denn jetzt damit? Kannst du überhaupt damit
umgehen?"

"Natürlich kann ich das, so schwer ist das auch wieder
nicht", protzt mein Vater. "Außerdem ist das das beste Geschenk, das ich seit Jahren bekommen habe. Meine Familie
hat sich die ganzen Feiertage fast ausschließlich um mich ge-
kümmert, meine Enkel rufen mich ganz oft an und besuchen
mich, um mir neues Zubehör für mein Handy vorbeizubrin-
gen. Sogar mein Schwiegersohn ruft ab und zu an. Er macht
das natürlich, um zu prüfen, ob ich mit dem Ding, wie du es
nennst, umgehen kann, aber das ist mir egal, solange man
sich um mich kümmert. Nur meine Tochter ist etwas skeptisch, aber die war Neuem gegenüber noch nie so aufge-
schlossen, wie ich. Na ja, sie wird sich schon noch daran ge-
wöhnen, dass ich ihr ab und zu eine SMS schicken werde.
Dann hat sie auch keine Ausrede mehr, dass sie das Telefon
nicht gehört hat, wenn ich etwas von ihr will.

Du solltest es dir wirklich überlegen, ob du dir nicht auch so
etwas schenken lassen willst und ich überlege mir, ob ich mir
nächstes Jahr zu Weihnachten ein iPad schenken lassen soll.
Was meinst du, was es da alles zu erklären gibt. Das dauert

dann noch viel länger, als in diesem Jahr", freut sich der Opa spitzbübisch.

Ja, leider bekomme ich dieses Gespräch zwischen den beiden alten Herren nicht mit und so bleibt mir nichts anderes übrig, als weiter an ein Weihnachtswunder zu glauben.

Ich steh' an deiner Krippen hier

Darf ich mich vorstellen, mein Name ist Hirte, Herr Hirte. Eigentlich habe ich auch einen richtigen Namen, aber den habe ich schon vor langer Zeit vergessen, weil mich jeder nur ‚Hirte' nennt. Schön finde ich das nicht, aber mich hat ja keiner gefragt, und das scheint mein Schicksal zu sein: Keiner fragt mich irgendwann irgendetwas.

Hinzu kommt, dass ich seit gefühlten 2000 Jahren, 11 Monate pro Jahr, einen gesegneten Frühlings-, Sommer- und Herbstschlaf halte, und das in einer, so finde ich, muffeligen Kiste. Das ist wahnsinnig langweilig, aber, ich muss zugeben, ganz erholsam, und glaubt es mir, diese Erholung brauche ich.

Werde ich nach 11 Monaten Zwangsurlaub aus meiner Nobelbehausung geholt, ist es immer wieder spannend, was sich bei ‚meiner Familie' und in ‚unserem Wohnzimmer' verändert hat. Ein paar Mal ist es sogar schon vorgekommen, dass wir im Laufe meiner Erholungspause umgezogen sind. Das macht Spaß, weil es dann so viel Neues zu sehen gibt.

Wenn ich ausgepackt meinen Arbeitsplatz einnehme, muss ich an und für sich nicht wirklich etwas machen, sondern nur auf einer grünen Decke oder auf Moos herumstehen. Ich bin froh, dass ich einen Stock habe, auf den ich mich stützen kann. Der andere wesentlich jüngere Hirte muss ständig ein Lamm tragen. Anstrengend!

Meine Familie mag ich ganz gern. Nur muss man jedes Jahr mit dem Schlimmsten rechnen. Ich kann mich noch gut daran erinnern, als sie plötzlich eine Katze hatten. Die hat einfach ein Schaf verschleppt. Ich hatte dann keine ruhige Minute mehr. Wir mussten daraufhin den Rest der Vorweihnachtszeit auf dem Schrank stehen und konnten natürlich nichts mehr sehen. Das vermeintlich süße Kätzchen war nämlich noch zu klein, um auf den Schrank zu klettern. Im folgenden Jahr war es glücklicherweise ganz zahm, aber ich traue ihm noch heute nicht wirklich über den Weg.

Irgendwie würde ich gern mal aus dem Haus rauskommen und sehen, wie es an der viel gepriesenen frischen Luft ist, aber wer geht schon mit seinem Hirten spazieren. Ich glaube, das gehört sich nicht.

Spannend ist es, wenn die Familie ein neues Schaf oder irgendein anderes Tier oder sonst etwas für uns kauft. Vor zwei Jahren hat eine Tante alle Schafe aus ihrer Krippe bei uns vorbei gebracht. Hässliche Tiere sind das, das kann ich euch sagen. Meine Familie denkt genauso, sprich, die Schafe bleiben in der Kiste. Nur, wenn die Tante kommt, stellt man diese Monster kurz zu meinen Tieren. Da freut sich die Tante und ich kann mal wieder nichts dagegen tun.

Schrecklich ist es immer, wenn unsere Familie singt und das tut sie mit Begeisterung und falschen Tönen. Ich verstehe ja nicht viel davon, aber es ist einfach nur schaurig. Mir graust es schon immer, wenn ich höre, dass die Verwandtschaft von unserer Familie sich anmeldet. Die singen dann immer mit und das klingt dann auch nicht besser, nur lauter. Da wäre ich gern in meiner Kiste.

Sehr gut hat es eigentlich das ‚heilige Paar‘. Das darf die ganze Zeit im Stall rumhängen. Bis auf das eine Mal. Das war wirklich wild. Es begab sich also vor ein paar Jahren, dass der jüngste Spross meiner Familie den wunderbaren Gedanken hatte, Maria und Josef dürften eigentlich erst am Heiligabend im Stall stehen, weil sich das in Wirklichkeit ja auch so zugetragen hatte, wie er von der Religionslehrerin wusste. Deshalb kam er auf die hervorragende Idee, beide fast vier Wochen lang durch das gesamte Wohnzimmer wandern zu lassen, um den langen Weg nach Bethlehem zu demonstrieren, bevor sie endlich ihren gemütlichen Platz im Stall einnehmen durften. Also fing er am 1. Dezember an, das traute Paar Tag für Tag quer durch das Zimmer zu schieben. Ich kann euch sagen, das war ganz schön beschwerlich für die beiden, schließlich mussten sie den ganzen Weg auf den Knien zurücklegen. Schlimmer, als eine Wallfahrt nach Altötting. Der Religionsunterricht ist auch nicht immer hilfreich.

Dann gibt es dann auch noch die angeberischen Könige. Die kann ich nicht leiden. Bilden sich mordsmäßig was ein, nur weil sie Gold und so Zeug mit sich herumtragen und ein Kamel dabei haben. Wie besonders ist das denn? Ich habe zig Schafe dabei. Ja, da sagt keiner was. Und zu guter Letzt müssen sie auch, genau wie ich, in die Kiste. Da nützt ihnen ihr ganzes Gold nichts. Ganz und gar nichts. Und ihren Weihrauch können sie auch gleich mit einmotten.

Wisst Ihr was? Wenn ich so nachdenke, ist mir zwar klar, dass meine Tage hier auf dieser grünen Wiese gezählt sind und ich nie genau weiß, zu welchem Zeitpunkt ich eingepackt und ob ich überhaupt wieder ausgepackt werde. Aber ich genieße jeden Tag, den ich hier stehen darf. Darum haltet es wie ich und freut Euch über euren Platz im Leben. Und vielleicht hört in diesem Fall doch mal jemand auf mich. Das ist dann meine ganz persönliche Weihnachtsfreude.

Der perfekte Weihnachtszauber

Es begab sich aber, dass vor ein paar Jahren der Virus des Frühweihnachtssyndroms in Deutschland Einzug hielt und der Weihnachtszeit den Zauber nahm. Die Ursache ist leicht erkennbar, die Symptome machen mich traurig.

Kommt man zum Beispiel im September aus dem Urlaub zurück, türmen sich in den Supermärkten bereits die Lebkuchen und sonstige weihnachtliche Köstlichkeiten. Das finde ich so absurd, dass es mir nicht schwer fällt zu widerstehen.

Finde ich allerdings Anfang Oktober in dem einen oder anderen Laden schon Weihnachtsservietten und Weihnachtsgeschenkpapier vor, dann mache ich mir doch langsam Sorgen, dass die schönsten Servietten bis November ausverkauft sein könnten. Ganz zu schweigen von den Restposten, mit denen ich mich dann im Dezember werde begnügen müssen. Aber ich widerstehe nach wie vor, denn ich habe einfach keine Lust, im Frühherbst an meine Weihnachtsdekoration zu denken und verlasse somit selbstbewusst den geliebten Krimskrams Laden.

Doch bei jedem Mal an dem ich an Regalen oder Tischen mit Weihnachtsdeko vorbeigehe, werde ich unruhiger. Was mache ich nur, wenn es wirklich so ist, dass besagte Servietten bereits Anfang Dezember ausverkauft sind oder ich kein passendes Geschenkpapier mehr bekomme oder es keine Kerzen mehr in meiner bevorzugten Farbe gibt. Langsam steigt Panik in mir auf und spätestens als bereits Ende Oktober die ersten 'Christmas-Songs' in ein paar Läden den Einkauf ankurbeln sollen, bricht die Hysterie in mir aus. Trotzdem, ich weigere mich solange zuzugreifen, bis nicht wenigstens der Herbstnebel mich einhüllt, wenn ich verstohlen meinen vorzeitigen Weihnachtseinkauf nach Hause trage.

Ende November ist es endlich soweit, die Adventszeit steht vor der Tür, doch ich bin leider traurig. Erstens, weil die Servietten, die ich wollte, nirgends mehr aufzutreiben sind und zweitens, weil der Weihnachtszauber, den ich früher so liebte, vollkommen durch die künstlich hergestellte verlängerte Vorweihnachtszeit verloren gegangen ist. Ich habe Mitleid mit den armen Kindern, die schon am liebsten gegen Ende der Sommerferien den Wunschzettel fürs Christkind schreiben würden, inspiriert durch die Lebkuchen in den Läden. Mir tun auch die Eltern leid, die ihren Kindern klar machen müssen, dass es noch ewig bis Weihnachten dauern wird und die Adventskalender, die man schon vor den Herbstferien kaufen kann, noch keine Bedeutung haben. Bin mal gespannt, wann es Kalender geben wird, die statt 24 Türchen, 54 Überraschungen in Riesenkalendern bereithalten. Ich bin sowieso schon immer mehr als erstaunt, wie überdimensional groß heutzutage diese verheißungsvollen Kalender sind. Man schämt sich ja schon, wenn man als Geschenk für die lieben Kleinen nur einen Kalender mit normalen Schokoladenfiguren dabei hat und nicht wenigstens einen, der mit Überraschungseiern gefüllt ist. Allein die Vorstellung Weihnachten mit Eiern anzukündigen, ist für mich ein ausgesprochener Feiertag Fauxpas.

Hilfe! Wo ist unter all dieser Konsumhysterie, die mir manchmal zwar wie ein Klischee erscheint, aber dennoch wie ein 'lästiges Wimmerl' meine Weihnachtsvorfreude zerstört, wo ist da noch der Weihnachtszauber?

Ich muss ihn suchen!

Vielleicht finde ich ihn auf den Christkindlmärkten, die ich ehrlich gesagt sehr schätze. Aber nachdem mir ein unwirscher Zeitgenosse, der es unendlich eilig hat (apropos besinnliche Zeit), mit seinem Glühwein meine neue helle Winterjacke einfärbt, mich danach auch noch mit wüsten Beschimpfungen zum Zwerg werden lässt und ich das Ganze mit Senf von meiner Bratwurst vervollständige, beginne ich daran zu zweifeln, dass das der richtige Ort ist. Ganz zu schweigen von dem kleinen Balg, der lautstark von seiner Mutter diverse Spielzeuge fordert, die er soeben im Schaufenster bewundern durfte (so viel zur 'staaden' Zeit).

Nein, ich bin davon überzeugt, dass es keinen Weihnachtszauber mehr gibt. Verzweifelt fange ich, zu Hause angekommen, mit meiner Weihnachtbäckerei an, was die Situation nicht verbessert, weil mir nichts gelingt: Ein Blech mit total verbrannten Kipferln, viel zu weiche Makronen und die neuen Plätzchen, die im Rezept so lecker aussehen, sind eine Beleidigung für den Gaumen.

Was soll ich nur tun? In zwei Wochen ist Weihnachten und ich sitze hier mit meinen unförmigen Weihnachtsplätzchen und sehne mich nach der Weihnachtsromantik, die vom unheimlichen Zahn der Zeit gefressen wurde.

Ich gebe auf und versuche meine Traurigkeit mit einem Spaziergang zu verdrängen. Es ist noch nicht so dunkel, deshalb gehe ich in den Wald, den ich liebe. Nicht weit vor mir gehen zwei Frauen mit ihren kleinen dick eingehüllten Kindern. Oje, jetzt kann ich mir gleich wieder anhören, wie viele Geschenke es sein sollen und wann sie gefälligst unter dem Baum zu stehen haben. Als ich allerdings näher komme, darf ich feststellen, dass die zwei Kleinen gerade etwas gefunden haben, was sie ihren Mamis mit leuchtenden Augen als Silberflitter vom Christkind präsentieren. Voller Freude, aber auch ehrfurchtsvoller Erwartung plappern sie los, wie sehr sie sich schon auf Weihnachten freuen würden und wie glücklich sie wären, etwas vom Christkind gefunden zu haben. Inzwischen bin ich nahe genug an den aufgeregten Haufen herangekommen, um zu erkennen, dass es sich bei dem kostbaren Silber vom Christkind um ein Kaugummipapier handelt. Doch die Kinder strahlen, ebenso wie ihre Mütter. Mit einem guten Gefühl setze ich meinen Spaziergang fort. Inzwischen ist es schon sehr duster geworden und ich fange an, mich zu beeilen, als ich in der Ferne viele kleine Lichter auf mich zukommen sehe. Es stellt sich heraus, dass es sich dabei um eine Gruppe von Kindergartenkindern mit ihren Betreuerinnen handelt. Auf meine Frage, was sie denn noch zu so später Stunde in den Wald treiben würde, verkünden sie mir stolz, dass sie auf der Suche nach dem Christkind seien und Futter für Rehe und sonstige Tiere im Wald dabei haben würden (auch für Wölfe und Bären, wie sie stolz berichten). Das Christkind würde sich nämlich ganz arg über Kinder freuen, die an Tiere denken. Zu guter Letzt haben sie mich auch noch zu ihrem Krippenspiel am Heiligabend in der Kirche eingeladen.

Ich kann es kaum glauben, aber ich hab ihn gefunden, meinen Weihnachtszauber. Er ist genau dort, wo ich ihn hätte gleich suchen sollen, in den Augen der Kinder und in ihrem unerschütterlichen Glauben an Weihnachten.

Dieses Jahr gibt es für mich keine perfekte Weihnachtsdekoration und keine perfekten Weihnachtplätzchen, aber dafür den perfekten Weihnachtszauber!

Die Super-Weihnachtsidee

„Warum schaut denn unser Vater so übertrieben fröhlich aus?" Lena, meine Tochter, ist ein bisschen skeptisch.

„Angeblich hat er eine Riesenüberraschung für uns." Auch Kathrin, meine Frau, wirkt eher etwas unentspannt.

Meine Lieben sind nämlich nicht unbedingt immer glücklich über meine Einfälle. Eigentlich kann ich das nicht verstehen. Ich finde meine Ideen meistens Klasse und dieses Mal werden alle begeistert sein. Ich warte noch auf Maxi und Konstantin, dann lasse ich die Katze aus dem Sack. Konstantin ist zwei Jahre älter als Lena, und Maxi ist mit seinen 9 Jahren der Jüngste im Bunde.

Ich freue mich schon auf ihre Gesichter, wenn sie von meinem aufregenden Plan erfahren werden.

Oh ja, ihre Gesichter sind wahrlich sehenswert, als ich mit meinen Plänen rausrücke: das blanke Entsetzen!

„Nie im Leben. Was ist das denn für eine Schnapsidee? Ich schleppe doch am Heiligen Abend nicht alle Geschenke, nebst Christbaum und Essensvorräte auf den Berg." Kathrin ist fassungslos, aber ich kann sie beruhigen:

„Mein Kollege wird die Hütte schon vorbereiten. Er schmückt den Christbaum bereits am ersten Dezember, damit er selbst auch mit seiner Familie dort oben noch ein vorgezogenes Weihnachtsfest feiern kann, bevor er in die Südsee ab düsen wird."

Die Sache ist nämlich die, dass ein Arbeitskollege von mir eine Hütte in den Bergen hat und mir ganz spontan vorgeschlagen hat, dort den Heiligen Abend zu verbringen. Der Gedanke hat mich sofort begeistert. Es wird traumhaft werden. Ein stilles romantisches Weihnachtsfest im verschneiten Bergland am warmen gemütlichen Kachelofen… Allerdings muss ich offensichtlich bis dahin noch etwas Überzeugungsarbeit leisten.

„Du glaubst doch nicht im Ernst, dass ich mich am Weihnachtsabend mit euch auf einen Hügel verschanze, wo es kein Netz oder Sonstiges gibt. Wahrscheinlich gibt es dort nicht einmal Strom."

Dazu sage ich jetzt erst einmal nichts, da mein 16 jähriger Sprössling mit seiner Vermutung absolut Recht hat.

„Bestimmt gibt es auch keine Dusche. Außerdem kann ich sowieso nicht mit, weil sich unser Jugendkreis um Mitternacht nach der Kirche trifft, um noch gemeinsam Weihnachten zu feiern." Lena sieht sehr energisch aus. Das hat sie von ihrer Mutter. Diese schäumt übrigens gerade über. Oh je, wieder einmal hatte ich mir das Alles einfacher vorgestellt. Nur Maxi freut sich.

„Super, dann kann ich gleich meinen neuen Schlitten ausprobieren…"

„… den mit Sicherheit keiner mit rauf schleppen wird. Die ganze Idee ist einfach nur verrückt. Diskussion zu Ende." Meine liebe Frau schaut mich mit dem typischen ‚was-habe-ich-nur-für-einen-Wahnsinnigen-geheiratet'-Blick an und ich befürchte, dass ich dieses Mal etwas länger brauchen werde, um meine Familie dort hinzubringen, wo ich sie gerne haben möchte: auf eine wunderschöne romantische Hütte in den Bergen. Gut, dass es erst Ende November ist, da bleibt mir noch genügend Zeit.

Die Einzelheiten meiner Überredungskünste und die recht uneinsichtigen Reaktionen meiner Lieben erspare ich euch jetzt lieber. Tatsache ist, dass nach dem ein oder anderen kleinen Erpressungsversuch wir uns tatsächlich am 24. Dezember auf der Autobahn Richtung Gebirge befinden – und mit uns der Rest von ganz Deutschland.

„Das war ja so klar. Wir könnten es so schön zu Hause haben, aber nein, wir stellen uns ja lieber in den Stau." Meine Frau ist stocksauer.

„Wir haben den Schlitten vergessen." Maxi ist ganz verzagt.

„Nein, den haben wir nicht vergessen. Den haben wir nicht mitgenommen, weil es in den Bergen noch keinen Schnee gibt, aber dafür regnet es jetzt wenigstens."

„Jetzt reißt euch zusammen. Das bisschen Regen. Wir haben beschlossen, dieses Jahr mal ganz anders Weihnachten zu feiern. Lasst es uns also genießen."
Fehler! Ganz großer Fehler!!!
„Duuuuu hast das beschlossen, nicht wir." Der vierstimmige Chor schreit mich an. (Maxi ist jetzt auch auf ihrer Seite). Der Rest der Autofahrt, die statt einer Stunde vier Stunden dauert, verläuft nicht wirklich nach Wunsch und ich beginne daran zu zweifeln, ob meine Idee wirklich so gut war. Nein, ich bleibe dabei, es wird ein unvergesslich schöner Abend werden. Dass er unvergesslich wird, ist schon mal sicher.

„Ich trage den Rucksack keine Sekunde länger. Wie lange dauert das denn noch? Mir bricht gleich der Rücken ab." Konstantin jammert ohne Unterlass.
„Armer Bubi! Das wirst du wohl noch schaffen. Bist doch sonst immer so stark. Was soll ich sagen, mir rinnt das Wasser ständig den Nacken runter. Eine heiße Dusche wird dort oben für mich das schönste Weihnachtsgeschenk."
Oh je. Habe ich es doch glatt vergessen, meiner Tochter zu sagen, dass es in der Hütte kein Bad gibt. Aber das ist bei der Stimmung jetzt auch schon egal.
„Schaut, da oben ist die Hütte."
Endlich, muss ich zugeben, wir sind inzwischen wirklich alle total nass und Kathrin hat seit wir aus dem Auto ausgestiegen sind (und das war vor zwei Stunden) überhaupt nichts mehr gesagt. Böse Sache. Außerdem wird es schon langsam dunkel und ich muss mich noch mit den Gaslampen vertraut machen. Es gibt nämlich tatsächlich keinen Strom.

„Boah, ist das hier krass kalt. Jetzt werden wir wohl zu Eiszapfen werden, weil wir ganz nass sind." Maxi sieht richtig sorgenvoll aus und tut mir enorm Leid. Inzwischen bin ich davon überzeugt, dass meine Überraschung echt Blödsinn war und bin kurz davor, es zuzugeben, da hat die Mutter meiner Kinder ihre Stimme wiedergefunden und ich höre und staune.

„Das wird jetzt ganz schnell warm, wenn der Papa den tollen Bollerofen mit Holz anheizt. Dann gibt es gleich Glühwein und Punsch. Zieht euch ganz schnell trockene Sachen an. Die Würstchen und das Sauerkraut sind dann auch ganz schnell warm gemacht. Und dann können wir auch schon die Kerzen am Christbaum anzünden. Wie nett vom Christkind, dass es ganz frische Kerzen draufgesteckt hat."

Ich kann es nicht fassen. woher der Sinneswandel? Der Christbaum, es muss der Christbaum sein. Meine Frau liebt Christbäume. Schnell mache ich Feuer, was glücklicherweise auf Anhieb gelingt und als ich neues Holz hole, darf ich feststellen, dass es in dicken Flocken zu schneien angefangen hat. Es wird schnell warm und das Essen ist bald auf dem Tisch. Die Stimmung wird immer besser und als die Kerzen brennen, sind alle glücklich. Ich am meisten. Durch die kleinen Fenster können wir die Schneeflocken draußen sehen und es ist fast perfekt. Ich wüsste nur zu gern, was den Sinneswandel bei meiner Liebsten bewirkt hat.

„War es der Christbaum", frage ich sie später, als die Kinder draußen sind um ihre Wunderkerzen anzuzünden und wir gemütlich am warmen Ofen unsere Plätzchen essen.

Sie weiß sofort, was ich meine. Schließlich sind wir schon ewig verheiratet.

„Es war in erster Linie dein Gesicht, dein trauriges Gesicht, aber gleich danach war es der Christbaum, der mich daran erinnerte, wie schön Weihnachten ist und dass wir uns das auf gar keinen Fall verderben lassen sollten."

„Danke", flüstere ich und freue mich vorsichtshalber nur im Stillen darüber, dass ich doch wieder einmal eine super Idee gehabt hatte.

Die Weihnachtszeit-Clique

Mann oh Mann, alle Jahre wieder das gleiche Theater vor Weihnachten. Mein gesamter Bekanntenkreis verwandelt sich in Vorweihnachtsstressmonster. Ich finde das wird von Jahr zu Jahr schlimmer. Jetzt jammern sie schon Ende Oktober: ‚Oh Gott, bitte kein Termin mehr vor Weihnachten'... Das geht mir so dermaßen auf die Nerven. Es sind ja nicht nur die Mütter und Väter von kleinen Kindern, nein auch meine lieben Single-Freunde scheinen vor dem absoluten Weihnachtskollaps zu stehen. Wo doch Single so schön nach ‚jingle' klingt.

Als ich es also vor Kurzem gewagt hatte, zu fragen, ob man sich vielleicht auf einen kleinen Besuch eines Christkindlmarkts einigen könnte, gab es einen Aufschrei der Empörung, bei dem drei meiner längsten Vertrauten knapp an einem Nervenzusammenbruch vorbeigeschlittert sind.
Echt, darauf hatte ich keine Lust mehr. Da beschloss ich, lieber gleich ein paar Termine für den Februar auszumachen, da selbstverständlich im Januar erst jene Termine nachgeholt werden müssen, welche man im Dezember nicht hatte wahrnehmen können. So überließ ich meine liebsten Freunde ihrem üblichen Adventstheater.

Da ich aber nicht so gerne alleine diese wunderbaren Tage verbringen wollte, kam mir die hervorragende Idee, eine Art Kontaktanzeige aufzugeben. Ganz klassisch, nicht im Internet, um zu vermeiden, dass plötzlich 1000 Menschen in meiner Wohnung stehen und Plätzchen und Glühwein erwarten. Also setzte ich eine Anzeige in die Tageszeitung:

Max, 35, Single, sucht einsame Leidensgenossen, die gerne mit ihm gemeinsam die Vorweihnachtszeit mit der ein oder anderen Unternehmung genießen möchte. Spätere gemeinsame Silvesterfeier nicht ausgeschlossen.

Prompt kamen diverse Briefe ins Haus geflattert. Die meisten Leser meiner Annonce hatten meine Worte wohl missverstanden, denn die Heiratsabsichten einiger Damen waren deutlich erkennbar. Die wurden natürlich sofort aussortiert. Ich hatte auch keine Lust auf Christbaumkugel-Fetischisten oder Anhänger suspekter religiöser Gruppierungen. Naja, Fakt war, dass nur wenige Antworten übrig blieben, deren Verfasser meine eigentliche Absicht erkannt hatten und meine Sehnsucht nach harmlosen netten Vorweihnachtstreffen teilten. Interessanterweise hatten all diese Briefe zwar unterschiedliche Absender, allerdings alle mit gleicher Adresse.

Vorsichtshalber, bevor ich darauf antwortete, habe ich mich in alter Sherlock Holmes Manier auf die Suche nach dieser Adresse und deren Bewohner begeben, um mich plötzlich vor einem Altenheim wiederzufinden. Tja, meine Leidensgenossen Johann, Resa, Lydia, Gertrude und Elsa waren wohl etwas älter als ich. Ne, das war mir dann auch wieder nicht recht, aber als ich mich gerade davonschleichen wollte, überkam mich dann doch das schlechte Gewissen. Was bildete ich mir eigentlich ein? Sind nur Leute in meinem Alter so interessant, dass man sich mit ihnen treffen möchte oder mit ihnen Spaß haben kann? Was sollte das? Also fasste ich mir ein Herz und fragte am Empfang bei einer ziemlich hübschen jungen Dame nach, ob ich die fünf Interessenten einmal sprechen könne. Äußerst fasziniert hörte diese Pflegerin sich meine Geschichte an und holte erfreut meine aufgeregten Weihnachtszeitliebhaber.
Diese stellten zu meiner größten Verwunderung gleich einmal ihre Bedingungen. Also keine gemeinsame Silvesterfeier und keine weiteren Terminverpflichtungen über die Weihnachtszeit hinaus. Das klang zwar ein bisschen barsch, war für mich aber ganz in Ordnung.

Tja, das war der Beginn einer fantastischen Vorweihnachtszeit. Wir lernten gemeinsam viele Christkindlmärkte kennen und haben die ein oder andere weihnachtliche Theatervorstellung und diverse Konzerte besucht. Gut, wir haben dabei Gertrude zweimal verloren und Johann, der den Glühwein liebt, fünfmal betrunken nach Hause gebracht. Einmal haben wir Resas Tochter mitgenommen, damit sie bei mir endlich unter die Haube kommen würde (was ich erfolgreich abgeschmettert habe). Wir haben Lydia dreimal davor bewahrt, ihre Handtasche als Waffe einzusetzen, weil sie der Meinung war, dass jemand auf ihrem Platz sitzen würde und zig-Male Elsas Gehstock gesucht, den sie grundsätzlich liegen ließ.

Beim letzten Treffen vor den Weihnachtstagen klärten meine Freunde mich endlich auf, warum sie anfangs so wilde Bedingungen gestellt hatten. Da war nämlich die Angst, ich würde davor zurückschrecken mit ihnen etwas zu unternehmen, auf die Gefahr hin, zukünftig fünf Alte am Hals zu haben. Wie sie inzwischen jedoch wussten, hatten sie sich da sauber getäuscht.

Silvester wollen sie allerdings wirklich nicht mit mir feiern und ich ehrlich gesagt, ich auch nicht mit ihnen. Den Silvesterabend werde ich nämlich mit der netten Pflegerin verbringen und vielleicht bin ich dann im nächsten Jahr gar kein Single mehr. Meine Weihnachtszeit-Clique wird sich über diesen Zuwachs sicher enorm freuen.

Ein ungewöhnliches Krippenspiel

In einem kleinen bayerischen Ort war es üblich, dass das Krippenspiel nicht in der Kirche beim Weihnachtsgottesdienst aufgeführt wurde, sondern alljährlich am 4. Advent, wie ein kleines einstündiges Theaterstück, im Gemeindehaus auf der Theaterbühne.

Wie in jedem Jahr hat die Organisatorin, Frau Stern sich auch dieses Mal mit dem Ehrgeiz der Mütter auseinanderzusetzen.
„Also meine Tochter spielte schon im letzten Jahr einen der vielen Engel und durfte nur einen Satz aufsagen. Sie kann so gut auswendig lernen. Die Rolle der Maria wäre ihr auf den Leib geschrieben."
Frau Stern kann nicht abstreiten, dass die kleine Anni Gruber hervorragend auswendig lernen kann. Den einen Satz zumindest hatte sie sehr schnell gelernt, was nicht selbstverständlich ist, wie die bittere Erfahrung zeigt. Aber woran erkennen die Eltern, dass einer Zehnjährigen die Rolle der Maria auf den Leib geschrieben sei?
„Auf keinen Fall spielt der Jakob in diesem Jahr wieder den schwarzen, äh, ich meine den farbigen König. Die Farbe haben wir im letzten Jahr erst am zweiten Weihnachtsfeiertag wieder ganz abbekommen."
Frau Stern hatte ihnen zwar gleich gesagt, sie sollen eine andere Farbe benutzen, aber jeder weiß natürlich alles besser.

Deshalb werden in diesem Jahr die Rollen ohne dem Beisein von Erwachsenen verteilt. So sind die Eltern der kleinen Anni sehr gespannt, als diese nach der ersten Probe nach Hause kommt.
„Und, fragt die Mutter aufgeregt, darfst du die Maria spielen?"
„Nein", beginnt Anni ihren Satz, den die Mutter sofort unterbricht.
„Das war so klar, mit Sicherheit darf die Hinteregger Julia die heilige Mutter spielen", schimpft sie empört.

41

„Reg dich doch wegen so etwas nicht so auf", versucht der Vater sie zu beruhigen. „Du verunsicherst unsere Mausi ja total."

Mausi ist aber nicht verunsichert, sondern stolziert hocherhobenen Hauptes aus dem Wohnzimmer. Kurz vor der Zimmertür dreht sie sich noch einmal um und bemerkt triumphierend:

„Ich spiele in diesem Jahr ein Schaf und die Julia spielt auch ein Schaf. Es gibt aber nur weiße Schafe, damit der Andi sich nicht anmalen und seine Mutter sich nicht aufregen muss."

Damit verschwindet sie und hinterlässt ihre sprachlosen Eltern.

Bevor die Mutter überhaupt nur einen Ton von sich geben kann, klingelt das Telefon.

„Hallo, da ist die Schweiger Lisa. Ist die Anni schon daheim? Hat sie euch schon von dem Krippenspiel, oder was auch immer das sein soll, erzählt?"

„Ja, aber wir verstehen das nicht. Müssen denn alle Kinder Schafe spielen?"

„Ich glaube schon. Der Severin hat mir gerade auch erzählt, dass er ein Schaf spielen wird und nicht den Josef, wie im letzten Jahr. Obwohl die Frau Stern ihm das versprochen hatte."

„Naja, nachdem du sie darum gebeten hattest", wirft Annis Mama schnippisch ein. „Eigentlich ist er doch auch langsam schon zu alt fürs Krippenspiel, da könnte schon mal ein anderer den Josef spielen."

„Das sagst du nur, weil die Julia auch wieder die Maria hätte spielen sollen und nicht eure Anni."

„Jetzt hört halt auf", stoppt Herr Gruber den Redeschwall der zwei Frauen. „Finden wir lieber raus, warum es in diesem Jahr nur Schafe gibt."

„Wir treffen uns ja morgen Abend sowieso alle zum Elternstammtisch bei uns, da können wir die anderen dann auch fragen. Vielleicht weiß jemand ja mehr. Die Frau Stern mag ich jetzt noch nicht anrufen. Sie wirkt in der Adventszeit immer so gestresst, ich verstehe das gar nicht", bemerkt Lisa Schweiger noch, bevor sie auflegt.

Am nächsten Abend herrscht beim Schweigerwirt große Aufregung. Fast alle ‚Krippenschauspielereltern' sind anwesend. Die Bedienung fragt schon zum 3. Mal die Mütter, was sie trinken wollen.

„Die Herren haben alle schon bestellt, wie schaut's denn mit den Damen aus?" schimpft sie lautstark vor sich hin, aber die hören gar nicht zu. Die schreien alle durcheinander, um festzustellen, dass jedes einzelne Kind ein Schaf spielen wird.

„Hat jemand das Text-Heftl dabei?"

Ja, das hat jemand dabei. Der ganze Text lautet Millionen mal ‚Mäh'.

„Das ist doch eine Frechheit. Dafür geb ich mein Kind nicht her", schreien die Frauen durcheinander, während die Männer schon ihr zweites Bier und die Brotzeit vor sich haben.

„Das wird heute nichts Gescheites mehr", stellt der Brand Pauli fest und nimmt einen kräftigen Schluck.

Am nächsten Tag beim Frühstück spielt sich fast in jeder Familie das Gleiche ab. Die Mütter wollen den Kindern verbieten, beim Krippenspiel mitzumachen.

Als die Anni kurz mit ihrem Vater allein ist, fängt sie an zu weinen.

„Die Frau Stern hatte Recht. Sie meinte, dass es egal sei, welche Rollen wir spielen würden, es gäbe sowieso gleich immer wieder Gemeckere. Dann meinte sie, wir sollten einfach alle die gleiche Rolle spielen und am besten immer das Gleiche sagen. Ja und da blieben nur noch die Schafe übrig."

Da geht dem Herrn Gruber ein Licht auf.

„Weißt du was, Mausi, ich red mit der Mama. Spiel du nur schön beim Krippenspiel mit. Bestimmt überlegt sich die Frau Stern das auch nochmal mit den Rollen. Ein Spiel ohne Maria und Josef und den heiligen drei Königen ist doch ein bissl fad."

Etwas später redet Mausis Vater mit seiner Frau, die wiederum ruft dann ganz kleinlaut bei der Schweiger Lisa an, welche sofort beim Hinteregger Bescheid gibt. So laufen an diesem Tag die Telefone heiß, in der schönen kleinen Ortschaft. Am Abend hat Annis Vater ein Gespräch mit Frau Stern und bis hin zum 4. Advent wird das Krippenspiel weder von einem Kind noch von einer Mutter oder einem Vater wieder erwähnt.

Die Aufführung ist in diesem Jahr dann allerdings ganz besonders schön und feierlich. Die Moser Kathi spielt die Maria und der Josef wird doch vom Severin gespielt. Die Anni strahlt in ihrer Rolle als farbiger König und die Hinteregger Julia darf den Erzengel spielen. Die Schafe sind alle aus Pappe gebastelt und sagen kein Wort.

Am Schluss bedankt sich Frau Stern bei den Kindern, aber auch bei den Müttern, dass diese sich in diesem Jahr ganz überraschend an die ‚staade' Zeit gehalten hatten und nie bei einer der Proben erschienen waren und dabei blinzelt sie ganz unauffällig dem Vater von der Anni zu.

Weihnachtstischlein, deck dich

„Stell dir vor, Mama, Annas Oma kommt doch aus Polen und…"

„War die auch mal ‚ne Krankenschwester?" unterbricht mein sechsjähriger Sohn, Felix seine ältere Schwester unbedacht.

„Wie kommst du denn da drauf", schnauzt diese ihn kehrt wendend an. „Nur, weil Tante Rosa eine polnische Pflegekraft hat, heißt das noch lange nicht, dass alle Polinnen Krankenschwestern sind", weist sie ihn besserwisserisch zurecht.

„Also Mama, Anna erzählte mir heute, dass es in Polen der Brauch sei, an Weihnachten den Tisch für eine Person mehr zu decken, damit ein unerwarteter Gast, der plötzlich auftauchen könnte, auch einen Platz am Tisch finden würde."

Ok, denke ich mir und weiß nicht so recht, ob ich die Begeisterung meiner Tochter teile oder nicht. Na ja, irgendwie ist das wohl ein ganz netter Brauch und ich freue mich, wenn Eva sich außer für sich selbst noch für andere Dinge interessiert.

„Warum kommt denn plötzlich jemand ganz unerwartet?" will ihr verwirrter Bruder wissen (und ich eigentlich auch).

„Das ist doch nur sinnbildlich, damit man zeigt, dass Platz und Essen für alle da ist."

„Was ist sinnbildlich?" Felix will es heute wirklich wissen und bringt seine Schwester damit wieder einmal auf die Palme.

„Ach das ist mir jetzt zu blöd, ich gehe nach oben", schreit sie ihn etwas übertrieben laut an.

„Nein, bleib doch kurz hier. Ich finde das interessant", versuche ich die Stimmung wieder zu verbessern, was mir auch gelingt.

Eva bleibt nur zu gerne, weil sie offensichtlich noch eine Idee hat.

„Das könnten wir doch dieses Jahr am Heiligen Abend auch bei uns einführen."

„Was können wir einführen?" wollen mein Mann und meine zweite Tochter wissen, die gerade die Küche betreten.

Lena ist neun Jahre alt und eifert ihrer vier Jahre älteren Schwester mit Begeisterung nach. dementsprechend ist auch sie von der Idee höchst erfreut, diesen polnischen Brauch bei uns anzufangen. Da meinem Mann das ziemlich egal ist, ob am Heiligen Abend ein Teller mehr am Tisch stehen wird, ist das Ganze schnell eine beschlossene Sache und bis Weihnachten auch kein Thema mehr.

Als ich am 24.12. nach der Kirche den Tisch decke, stehen meine Kinder wichtigtuerisch um mich herum. Anstatt mir zu helfen, kritisieren sie nur, dass ich ‚unseren neuen Brauch' ganz vergessen habe und kümmern sich um diesen zusätzlichen Teller samt Besteck, als würde ihr Seelenheil davon abhängen.

Wie immer gibt es Würstchen mit Sauerkraut bzw. Leberkäs mit Kartoffelsalat (je nach individueller Geschmacksrichtung). Eva will in diesem Jahr nur Kartoffelsalat essen, da sie am 22.12. plötzlich ins vegetarische Lager gewechselt ist. Ich bin mehr als dankbar, dass sie sich nicht für die vegane Variante entschieden hat.

Die Kinder erscheinen mir ziemlich nervös, aber das liegt sicher an der Vorfreude, da die Bescherung naht.

Wir sitzen bereits am Tisch, neben dem unbenutzten Tischgedeck, als es klingelt.

Alle drei Kinder springen gleichzeitig auf und laufen zur Tür. Verdutzt bleiben mein Mann und ich am Tisch sitzen.

Das kann nur ein verspäteter Weihnachtsgruß sein.

Doch da kommt Lena strahlend mit einer Dame herein, in der ich verwundert ihre Lehrerin erkennen kann. Ihr folgen, ebenso erfreut ihre zwei Geschwister mit, wie wir sogleich erfahren, jeweils auch einem Gast, den sie eingeladen hatten.

„Wir haben doch diesen Teller für einen unerwarteten Gast und da dachte ich mir, dass Frau Lehmann, der ich immer im Altenheim vorlese, doch dieser Gast sein könnte", klärt Eva uns auf.

Die gleichen Gedanken haben auch ihre Geschwister dazu bewogen, jeweils eine einsame Person einzuladen.

Irgendwie hatten sie das mit dem ‚unerwarteten Gast' wohl falsch interpretiert.

Mir bleibt also nichts anderes übrig, als noch für zwei weitere Personen aufzudecken. Glücklicherweise ist genügend Essen vorhanden, weil mein Mann einkaufen war und wie immer für eine ganze Schulklasse eingekauft hat.

Unser Nachbar, der sehr betagte, aber immer trinkfreudige Herr Meier, den unser Jüngster eingeladen hatte, freut sich gleich über ein schönes Weißbier und Frau Schönbaum, die Lehrerin, hat schon ein paar Würstchen verdrückt, bevor ich mich überhaupt hinsetzen kann.

Dass wir keine Geschenke für unsere Gäste haben, ist für diese kein Problem, da sie sich ganz offensichtlich sehr glücklich in unserer Runde fühlen. Frau Lehmann, die sich sehr großzügig mit Parfüm besprüht hat (4711!!!!!) betört damit zwar den schon leicht angetrunkenen Herrn Meier, bringt uns aber damit fast alle der Ohnmacht nahe.

Der Glühwein kommt somit allen sehr gelegen. Uns, weil wir die Nase tief im Becher versenken und so die 4711-Wolke für eine Weile verdrängen können und Herrn Meier, weil das Bierglas nicht mehr aufgefüllt worden ist.

Frau Schönbaum will die ganze Zeit schon Weihnachtslieder singen, aber keiner geht darauf ein. Plötzlich erhebt sie die Stimme und fängt ganz grell an, ‚Leise rieselt der Schnee' zu singen. Von wegen leise. Sie singt nicht, sie schreit vielmehr die ersten Töne in den Raum. Felix verschüttet vor Schreck seinen Kinderglühwein, Frau Lehmann ist dem Herzinfarkt nahe und Herr Meier nimmt vorsichtshalber einen Schluck aus der Rumflasche, die auf dem Tisch steht. Trotzdem stimmen wir alle langsam mit ein und singen diverse Weihnachtslieder. Danach liest Frau Schönbaum noch eine Weihnachtsgeschichte vor und der Abend nimmt doch noch ausgesprochen weihnachtliche Formen an.

Nach ein paar Stunden verlassen uns unsere Gäste mit überschwänglichem Dank und einer nicht unbeachtlichen Fahne (Herr Meier).

„Habe ich das jetzt alles nur geträumt?" Mein Mann schaut mich verwirrt an und ich kann nur zustimmen.

Da fällt unser Blick auf unsere Kleinen und diese strahlen uns an.

„Das war das schönste Weihnachtsfest überhaupt", stellt Lena fest.

„Jemanden eine Freude zu machen, ist besser, als viele Geschenke zu bekommen", pflichtet Eva ihr bei. „Das heißt aber nicht, dass wir unsere jetzt wieder zurückgeben wollen", lässt sie uns vorsichtshalber noch wissen.

„Das machen wir jetzt immer", freut sich Felix, während er glücklich auf seinem neuen Trampolin herumspringt.

„Na ja", versuche ich vorsichtig, die Euphorie etwas zu bändigen.

„Bitte, Mama, bitte bitte bitte!"

„Ok", meint ihr Vater dann, „lasst es uns im nächsten Jahr wieder versuchen, aber dann nur mit einem Gast, schließlich wird in Polen ja auch nur für einen zusätzlichen Besucher gedeckt."

„Jaaaaaa", jubeln unsere drei Weihnachtsengel. „Das wird unser eigener neuer Weihnachtsbrauch: wir machen an jedem Weihnachtsfest jemandem eine Freude!"

In diesem Moment bin ich sehr stolz auf meine Kinder und kann mit Sicherheit behaupten, dass sie heute nicht nur unsere Gäste, sondern auch mich sehr glücklich gemacht haben.